APPEL

AUX MUSICIENS ET AUX ÉDITEURS DE MUSIQUE.

PIÈCES DE POÉSIE

REFUSÉES

A LA SUITE DU CONCOURS OUVERT PAR LA VILLE DE PARIS

EN 1864.

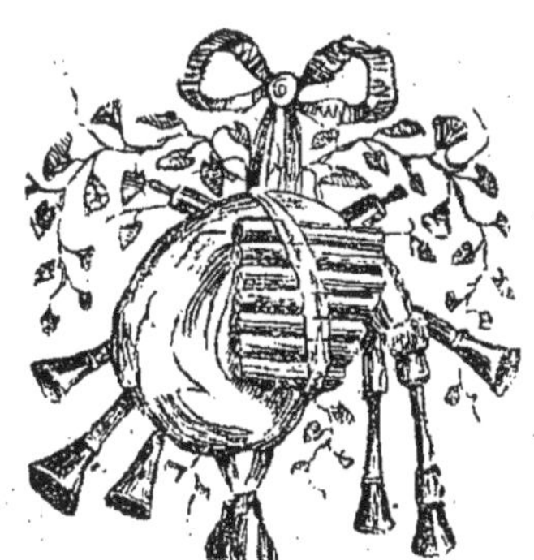

PARIS

P.-M. LAROCHE, LIBRAIRE-GÉRANT,

66, RUE BONAPARTE.

1865

PIÈCES DE POÉSIE.

APPEL

AUX MUSICIENS ET AUX ÉDITEURS DE MUSIQUE.

PIÈCES DE POÉSIE

REFUSÉES

A LA SUITE DU CONCOURS OUVERT PAR LA VILLE DE PARIS

EN 1864.

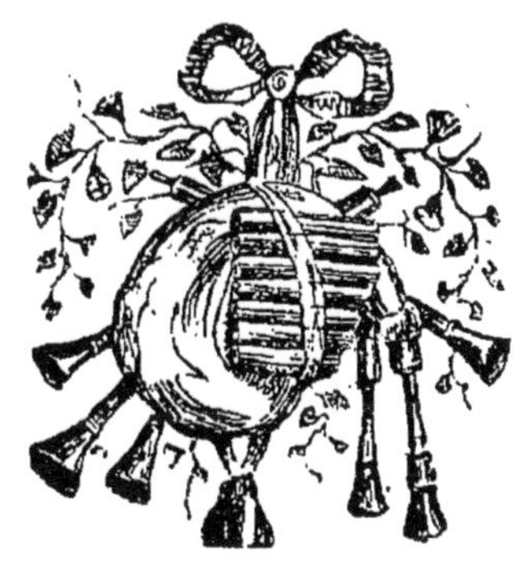

PARIS

P.-M. LAROCHE, LIBRAIRE-GÉRANT,

66, RUE BONAPARTE.

1865

MOTIFS DE CETTE PUBLICATION.

Le concours de poésie ouvert par la ville de Paris, en 1864, a fait arriver à l'hôtel-de-ville plus de 2,200 pièces de vers.

Dix d'entre elles ont été couronnées ; et le choix qui en a été fait les signale nécessairement comme les meilleures de toutes.

Or, en analysant le livret qui a été distribué par l'Orphéon, on en trouve 5 : GLOIRE A DIEU, OU EST LE BONHEUR, RESPECT AUX VIEILLARDS, LES FILLEULS DE MARIE, et L'HYMNE DE NOEL, qui sont excellentes ; tandis que les autres sont évidemment médiocres, la 8e du recueil ne méritant même pas d'être qualifiée.

2,200 pièces, pour en produire 5 bonnes ! n'est-ce pas la montagne qui n'aurait enfanté qu'une souris ?

Faut-il croire que la poésie est morte en France? ou doit-on supposer que l'attention des juges s'est égarée dans le dédale qu'elle avait à suivre?

Quoi qu'il en soit, adoptant l'heureuse pensée de l'Empereur des Français qui a permis aux peintres désappointés de se consoler par une exposition libre, nous avons cru devoir donner asile à celles des pièces refusées qu'on a bien voulu nous communiquer. Le public pourra les juger à son tour, et reconnaître, comme nous, qu'il ne faut pas encore désespérer de l'art dans la patrie de J.-B. Rousseau et de Béranger.

I

LE CANTIQUE DE LA NATURE.

1

Du Créateur vaste domaine,
Astres qui peuplez l'univers,
Ciel et terre, éléments divers,
Pour l'oublieuse espèce humaine,
Comme les anges font au ciel,
Chantez, chantez en chœur le nom de l'Eternel !

2

De la terre glorieux phare,
Soleil qui mesures nos jours;
Lune qui prêtes ton secours
Au voyageur que l'ombre égare,
Comme les anges font au ciel,
Parlez, redites-nous le nom de l'Eternel!

3

Automne sous ta grappe mûre,
Eté sous tes riches moissons,
Hiver sous tes pâles glaçons,
Printemps sous ta belle verdure,
Comme les anges font au ciel,
Parlez, redites-nous le nom de l'Eternel !

4

Fleuves qui fécondez nos plaines,
Mers qui transportez nos vaisseaux,

Torrents rapides, clairs ruisseaux,
Cascades et pures fontaines,
Comme les anges font au ciel,
Parlez, redites-nous le nom de l'Eternel !

5

Dominateurs de la vallée,
Pics, volcans, sommets sourcilleux ;
Aigles qui nichez près des cieux,
Oiseaux cachés sous la feuillée,
Comme les anges font au ciel,
Parlez, redites-nous le nom de l'Eternel !

6

Sous les perles de la rosée
Qui voile vos douces couleurs,
Ouvrez-vous, élégantes fleurs,
Et, de votre haleine embaumée,
Comme les anges font au ciel,
Parlez, redites-nous le nom de l'Eternel !

7

Insectes qui vivez sous l'herbe,
Hôtes des bois, hôtes des champs ;
Tristes vieillards, jeunes enfants,
Vierge timide, homme superbe,
Comme les anges font au ciel,
Parlez, redites-nous le nom de l'Eternel !

8

Et vous, courriers de la tempête,
Ouragans qui troublez les airs,
Orages, tonnerres, éclairs,
A l'homme tremblant pour sa tête,
Comme les anges font au ciel,
Dites, dites aussi le nom de l'Eternel !

II

L'HABILE CHASSEUR.

1

Par un joli temps de rosée
La perdrix, au fond des sillons,
A coup sûr tiendra remisée.
A vous, mes chiens!... Tayaut, allons!...
Arrêt!... c'est bon, laisse-moi faire...
Pan, pan!
Cherche, mon Tayaut, flaire, flaire.
L'as-tu? quoi rien?... non, rien à bas!
Maudit fusil qui n'porte pas.

2

A toi Sultan! de la garenne
Fais-moi sortir un beau lapin;
Que je l'abatte dans la plaine.
Va toujours, va.... c'est bien, c'est bien!
Gare qu'il parte à l'improviste....
Pan, pan!
Cherche, Sultan, suis bien la piste.
L'as-tu? quoi, rien?... non, rien à bas!
Maudit fusil qui n'porte pas.

3

Ma foi, pour me tirer d'affaire,
Chez un marchand de venaison,

Je vais remplir ma gibecière....
C'est fait — rentrons à la maison,
Et proclamons notre arrivée....
Pan, pan !
Holà, holà ! la maisonnée !
Quatre perdrix en quatre coups !
Allons, vite, apprêtez les choux.

III

LE RETOUR DU CHANTIER.

Amis, sept fois l'horloge a sonné l'heure ;
Laissons l'outil pour reprendre nos chants ;
Partons pour le logis où notre cœur demeure
Avec la femme et les enfants.

1

Elle m'attend la pauvre femme ;
Sur ses genoux est le marmot ;
La soupe est prête, et le fagot
Va nous réchauffer de sa flamme.
Marchons, marchons ; allons revoir
Tout notre amour, tout notre espoir.
Amis, sept fois....

2

Ma fille travaille près d'elle,
Veillant bien avant dans le soir
Pour que notre pain soit moins noir.
Elle est adroite, sage et belle,
Et tous les garçons d'alentour
Seraient heureux de son amour.
Amis, sept fois....

3

Quand la médaille de l'école
Orne la blouse du garçon,

De lui voir quitter la maison
La mère parfois se console.
Amis, le travail et l'honneur,
De l'ouvrier c'est le bonheur.
Mais je la vois : c'est la douce lumière
De ce logis où s'adressent mes chants.
J'y suis, j'y suis ! entrons, et, sur le cœur d'un père,
Serrons la mère et les enfants.

IV

RÉCEPTION D'UN BIENFAITEUR.

ÉCOLE DE FILLES.

Simples, nous n'avons pas la lyre
Par qui tout brille et s'embellit;
Mais quand l'esprit n'ose rien dire,
Le cœur parle et cela suffit.

1

Il nous faut un chant qui proclame
Le nom de notre bienfaiteur;
Un doux chant qui parte de l'âme,
Un chant de fête et de bonheur.

2

Pour nous, il est plein d'indulgence,
Ah! sans crainte ici nous pouvons
Lui dire, avec quelque espérance,
Aimez-nous, car nous vous aimons.

3

Sans la douce amitié des âmes
Que serait la vie ici-bas?
Un esquif sans voile et sans rames...
Ah! malheur à qui n'aime pas!

4

Au bienfaiteur de notre enfance
Offrons, sous l'emblème des fleurs,
Jeunes vertus, pure innocence,
Et tendresse de tous les cœurs.

Simples, nous n'avons pas la lyre
Par qui tout brille et s'embellit ;
Mais quand l'esprit n'ose rien dire,
Le cœur parle et cela suffit.

V

LE JEUNE TAMBOUR.

Et ran tan plan, plan, plan,
Tambour, tambour, tambour battant !

1

Vite au rempart, à l'escalade !
Laisse-moi passer, camarade ;
A nous autres c'est notre tour.
Ran tan plan !
C'est bien mon tour,
Car le tambour
Premier toujours
Est sur les tours.
Viv' l'Empereur et les tambours !
Et ran tan plan....

2

L'assaut, vois-tu, ça me regarde ;
Moi qui veux être de la garde
Du petit prince impérial.
Ran tan plan !
Un caporal,
Un général,
Un amiral,
Un maréchal,
A l'assaut tout ça c'est égal.
Et ran tan plan....

3

Quand j'entends dire à mon oreille
Ce refrain des vieux de la *vieille* :
« Je meurs et je ne me rends pas. »
Ran tan plan !
Moi, le trépas
Ça n'me va pas.
Je n'me rends pas,
Mais je n'meurs pas :
C'est mieux qu'la vieille, n'est-ce pas ?
Et ran tan plan....

VI

LA BONNE VILLE DE PARIS.

1

Les historiens du pays
Font souvent dire aux rois de France :
« Ma bonne ville de Paris. »
Passons-leur cette préférence.
Mais dites-moi, mes chers amis,
Si tout n'a pas changé depuis.

2

Moi, j'ai quelqu'argent, je bâtis ;
Et, si dans les moindres affaires
On peut très-bien placer à dix,
Je prends trente à mes locataires ;
Aussi, comme nos rois, je dis :
« Ma bonne ville de Paris. »

3

Moi, j'y trouve de grands esprits
Qui sous leur nom prennent ma prose.
Le secret se paie un bon prix,
Mais l'écritoire se repose ;
Aussi, comme nos rois, je dis :
« Ma bonne ville de Paris. »

4

Moi, je serais encore commis,
Si mon oncle l'apothicaire
Ne m'eût dit : Cours vite à Paris
Inventer la RÉVALESCIÈRE.
Aussi, comme nos rois, je dis :
« Ma bonne ville de Paris. »

5

Moi, de justice un peu repris,
Pour des fautes en écriture,
Je fonde une agence à Paris
Qui va très-bien, je vous assure,
Aussi, comme nos rois, je dis :
« Ma bonne ville de Paris. »

6

Moi, je suis badaud.... c'est permis.
Je ne manque jamais d'ouvrage :
Singes, ventes, ballons, spahis,
Poissons rouges, fleurs, balayage....
Aussi, comme nos rois, je dis :
« Ma bonne ville de Paris. »

7

Moi, sur le pavé de Paris
Je vais offrant papier à lettre,
Et je le cède au plus bas prix ;
Les deux bouts je compte bien mettre ;
Aussi, comme nos rois, je dis :
« Ma bonne ville de Paris. »

VII

LE REPOSOIR DE LA FÊTE-DIEU.

POUR JEUNES FILLES.

1

J'apporte ici, pour mon offrande,
Deux brillantes et nobles fleurs ;
Et, soit couronne soit guirlande,
Elles auront tous les honneurs.
— Sur le reposoir où l'on prie
Venez joindre à chaque ornement
Le lis qui convient à Marie
Et la rose, au Saint-Sacrement.

2

Pour moi, je serai plus modeste ;
J'ai cueilli le barbeau des champs ;
J'ai pensé que son bleu céleste
Parlerait du ciel aux passants.
— Sur le reposoir où l'on prie.
Unissons-le modestement
Au lis qui convient à Marie,
Aux roses du Saint-Sacrement.

3

Et moi j'apporte la pervenche,
Douce image du sentiment,

Qui s'entrelace et qui se penche
Sans quitter son embrassement.
— Sur le reposoir où l'on prie
Unissons-la modestement
Au lis qui convient à Marie,
Aux roses du Saint-Sacrement.

4

Orpheline, pour moi je pense
Que le vert qui convient le plus
Est le Cyprès qui dit l'absence
De mes parents qui ne sont plus !
— Sur le reposoir où l'on prie
Unissons-le pieusement
Au lis qui convient à Marie,
Aux roses du Saint-Sacrement.

VIII

LES SAISONS A LA CAMPAGNE.

1

J'aime au printemps le réveil de l'année :
Chant des oiseaux, renaissance des fleurs ;
L'homme donnant à la terre hivernée
Nouveaux labeurs ;
Air qui s'épure
Et jour qui dure
Vont promettant
Aux prés verdure,
Et moisson sûre
A qui l'attend.

2

J'aime en été la tranquille rivière
Où le bateau peut suivre le nageur ;
J'aime des bois l'aventureux mystère
Et la fraîcheur.
Belles glaneuses
Et moissonneuses,
En grands chapeaux,
Passent chanteuses
Et vont rieuses
Par nos hameaux.

3

J'aime l'automne et le fruit qu'elle dore
Sous son brouillard échauffé du soleil.
La violette est là qui prend encore
Un doux réveil.
Au premier signe,
Monte à la vigne
Fille ou garçon ;
Puis, quand on foule,
Le vin s'écoule...
Ah ! qu'il est bon !

4

J'aime en hiver la neige amoncelée ;
Je prends la grive arrêtée au gluau,
Ou vais glisser, le long de la vallée,
Sur un traîneau.
A la veillée,
Chanson rimée
Qui dit surtout :
Sage est sur terre
Qui sait se faire
Content de tout.

IX

L'ENFANT PENDANT L'ORAGE.

1

Ah ! ma sœur,
Que j'ai peur !
Ecoute, écoute... c'est l'orage.
— Sur mes genoux viens t'appuyer,
La tête sous mon tablier.
Tu trembles ? mais prends donc courage.
Aurais-tu fait contre le Ciel
Quelque vilain péché mortel ?
— Non, ma sœur, j'ai bien été sage.
— Tant mieux ; car les petits méchants
Méritent de grands châtiments.
— Pourtant, ma sœur,
Ah ! j'ai grand'peur !

2

Ah ! ma sœur,
Que j'ai peur !
Holà ! quel coup !... l'orage augmente.
Ma sœur,... tu sais, les trois pâtés ?...
C'est moi qui les avais volés.
Ah ! quel éclair !... ça me tourmente.
Tu sais bien les cartes du jeu...
J'en ai fait voler dans le feu,
Le jour que nous avions ma tante.

— O le vilain petit garçon !
De tout cela se repent-on ?
— Oh ! oui, ma sœur ;
Car j'ai grand'peur.

3

Ah ! ma sœur,
Que j'ai peur !
Quel coup de vent !... quelle poussière !...
Sœur... J'ai fouillé dans ton tiroir ;
Sans y toucher, ton dévidoir
Il s'est cassé comme du verre.
Tu sais bien le petit lapin...
Eh mais !... mais je n'entends plus rien !
Voilà le soleil sur la serre.
— Eh bien, répétons la leçon.
— Non. — Si. — Non. — Si. — Non. — Si. —
[Non, non ;
Jouons, ma sœur,
Je n'ai plus peur.

X

DISTRIBUTION DES PRIX.

ÉCOLE DE FILLES.

Demain vont s'ouvrir les vacances ;
Après le travail le repos.
Qui doit bénir nos récompenses ?
Celle qui bénit nos travaux.

1

C'est la Vierge qui nous est chère,
Patrone des jeunes enfants ;
Qui, sur les genoux de sa mère,
Comme nous lisait à six ans ;
Qui, toujours pieuse et soumise,
Au temple écrivait de sa main
Les commandements de Moïse,
Et les recueillait en son sein.
Demain...

2

C'est celle qu'on voit couronnée
Du Lis qu'apporta Gabriël,
Et que les peuples ont nommée
La bienheureuse d'Israël.
Ah ! puisse ce divin modèle,
Sur le sien formant notre cœur,

Nous rendre savantes comme elle
Dans la science du Seigneur !
— Demain vont s'ouvrir les vacances ;
Après le travail le repos.
Qui doit bénir nos récompenses ?
Celle qui bénit nos travaux.

XI

L'AVEUGLE.

VOCALISATION.

1

Ma cabane est près d'un bocage
Où l'osier vierge et le roseau
Poussent pour moi près du ruisseau ;
Mais des yeux j'ai perdu l'usage.
Je me console en rimant quelques vers ;
Et savez-vous qui m'inspire mes airs ?
C'est l'alouette
La la la. . . . . la,
La fauvette.

2

C'est dans ce petit ermitage
Que je fabrique volontiers
Les corbeilles et les paniers
Que je vends dans le voisinage.
Je me console...

3

Je façonne tout à ma guise ;
Je tâte, et bien souvent je crois
Que j'ai la vue au bout des doigts,
Tant se fait bien la marchandise.
Je me console...

4

Du Ciel je ne dois pas me plaindre ;
Car il m'a laissé la santé ;
Point de trésor, mais la gaîté
Qui des voleurs n'a rien à craindre.
Je me console...

5

Le pauvre oiseau qu'on met en cage,
Comme moi n'a plus d'horizon ;
Mais il console sa prison
Dès qu'il reprend quelque ramage.
Je me console en rimant quelques vers ;
Et savez-vous qui m'inspire mes airs ?
C'est l'alouette
La la la. . . . . la
La fauvette.

XII

L'ASILE IMPÉRIAL.

ORPHELINES.

1

Lorsque l'innocente colombe
Périt sous le plomb du chasseur,
Loin de ses petits elle tombe.
Plus de mère !... oh ! malheur, malheur !
Sur l'orphelin, sur l'orpheline,
Veillera la Bonté divine.

2

Quand une fièvre meurtrière
Va dépeuplant tout le hameau,
Pauvres enfants n'ont plus de père,
Plus de mère près du berceau !
Sur l'orphelin, sur l'orpheline,
Veillera la Bonté divine.

3

Quand la vapeur emprisonnée
Eclate, repoussant ses fers,
Sur une famille éplorée
Qui donc aura les yeux ouverts ?
Sur l'orphelin, sur l'orpheline,
Veillera la Bonté divine.

4

Dieu ne veut pas que sur la terre
Son enfant soit abandonné,
Et pour nous donner une mère
Il a pris un front couronné.
Sur l'orphelin, sur l'orpheline,
A veillé la Bonté divine.

5

Et, voyez son amour extrême,
Il voulait un cœur généreux
Moins occupé du diadème
Que des larmes des malheureux
Sur l'orphelin, sur l'orpheline,
A veillé la Bonté divine.

6

De la mère de notre enfance
Qui pourra compter les bienfaits ?
Gloire, amour et reconnaissance
Pour les heureux qu'elle aura faits !
Sur l'orphelin, sur l'orpheline,
A veillé la Bonté divine.

XIII

LES FRANÇAIS.

1

Quand, loin de la France,
Ses fils vont porter
Honneur et vaillance,
Mépris du danger,
L'étranger s'écrie :
Ah ! je les connais ;
Je sais leur patrie,
Ce sont des Français.

2

Qui de la bataille
Semble faire un jeu ?
Qui prend la muraille
Quand elle est en feu ?
— L'étranger s'écrie...

3

Qui, sur l'onde amère,
Malgré le danger,
Pour sauver un frère,
Reste à louvoyer ?
— L'étranger, etc...

4

Qui de l'injustice

Redresse le tort ?
Qui, pour un service,
Sait repousser l'or ?
— L'étranger, etc...

5

A notre patrie
Toujours notre cœur,
Toujours notre vie,
Et toujours honneur !
Que l'étranger dise :
Ah ! je les connais :
Gloire est leur devise,
Ce sont des Français.

XIV

LE PÈLERIN D'AUTREFOIS.

1

Je suis pèlerin de Touraine ;
Je marche toute la semaine,
Portant mes pas en tout pays ;
    J'ai soin d'en faire
    Deux en arrière,
Quand en avant j'en ai fait dix :
    Et voilà comme,
    Quoique pauvre homme,
    Jamais ne chôme
Sur le chemin du paradis.

2

J'ai vu la terre promise
Et les cèdres du Liban,
Rome la sainte et Venise,
La cathédrale à Milan.
Puis, en la Grande-Bretagne,
J'ai visité Saint-Alban,
Et je me rends en Espagne
Voir Saint-Jacques qui m'attend.

3

Je suis pèlerin de Touraine ;
Belles coquilles je promène

Et chapelets en tout pays.
    Chacun me donne
    Petite aumône ;
Ma panetière je remplis :
    Et voilà comme,
    Quoique pauvre homme,
    Jamais ne chôme
Sur le chemin du paradis.

XV

LA CLOCHE OU L'ÉLÉGIE HUMAINE.

1

Quand l'enfant à la vie
Jette son premier cri,
La cloche réjouie
Répète : le voici !
Annoncez partout cette joie ;
Venez tous, venez qu'on l'ondoie ;
Donnez-lui le nom des parents.
Heureux père,
Tendre mère,
Ah ! longtemps
Soyez contents !

2

Au printemps de la vie,
Quand, ivre de bonheur,
A l'épouse choisie
Il vient livrer son cœur,
La cloche sonne avec délire
Le gai carillon qui veut dire :
Heureux pères, heureux enfants !
Elle belle,
Lui fidèle,
Ah ! longtemps
Soyez contents !

3

Mais soit que dans la vie
L'homme arrive en pleurant,
Ou soit qu'on le marie
Heureux et souriant,
La cloche, hier retentissante,
Pourra demain, plaintive et lente,
Frapper le glas qui dit ces mots :
Que la terre
Soit légère
Sur tes os !
Paix et repos !

XVI

FÊTE DE LA VIERGE.

POUR JEUNES FILLES.

1

Cueillons pour Marie,
La Vierge bénie
Fêtée en ce jour,
Fleurs qui puissent dire
Ce que nous inspire
Son divin amour.

2

Qu'une blanche rose
Au centre repose ;
Boutons à l'entour,
Comme une famille
De qui chaque fille
L'entoure d'amour.

3

Qu'un lis y paraisse,
Signe de noblesse ;
Que le bluet pur
Prête à la couronne
Dont on l'environne
Son céleste azur.

4

Quant à la verdure
Prenons la plus pure :
Tendres épillets
A couleur bien douce
Et qu'un lit de mousse
Conservera frais.

XVII

LA SERVANTE DE FERME.

CHANT IMITATIF.

1

Je ne veux point servir en ville ;
La Rose vient d'en essayer :
Soixante marches d'escalier,
Et toujours descendre et monter,
Et madame qu'il faut peigner
Et trois fois par jour habiller !
C'est la perdition d'une fille.
Au berger je me marîrai ;
A la ferme je resterai,
Là tout est gai :
Les chevaux hennissent,
Les vaches mugissent,
Les agneaux bondissent,
La brebis va bê bê bêlant,
Le canard dit son can can can ;
Dam', si l'charretier jure,
Faut bien qu'on l'endure ;
Mais le coq lui dit aussitôt :
Coquelincot !
Et le paon l'appelle Piârr... ot !
Piârr... ot !

2

Ah ! dans les champs point d'esclavage ;
On mène l'ouvrage à son choix ;
Je travaille et chante à la fois,
Comme le pinson dans les bois
Ou l'hirondelle sur nos toits.
Ah ! ma Rose, si tu m'en crois,
Tu t'en reviendras au village.
Viens épouser le laboureux ;
A la ferme rien de fâcheux,
Tout est joyeux :
Les chevaux hennissent,
Les vaches....

XVIII

LE PÊCHEUR.

1

Aux filets que je viens de tendre,
Petits poissons, laissez-vous prendre.
Vous viendrez peupler au château
Des bassins de la plus belle eau ;
Allons, venez, laissez-vous prendre ;
N'ayez pas peur !
Moi je ne suis ni banquier ni voleur,
Je suis un honnête pêcheur.

Tant que dans l'onde
Poisson sera,
Tant qu'en ce monde
L'homme vivra,
Hameçons, filets seront là.
Poissons de l'onde,
Poissons du monde,
On vous prendra,
On vous prendra.

2

L'ambitieux ne peut attendre,
Le plus rusé se laisse prendre,
Au plaisir la jeunesse mord,

Tous les humains veulent de l'or
Et par milliers ils se font prendre :
N'ayez pas peur !
Moi je ne suis ni banquier ni voleur,
Je suis un honnête pêcheur.

Tant que dans l'onde....

XIX

LA LÉGENDE DE SAINTE GÉNEVIÈVE.

Apprenez comme, au temps jadis,
 Simple bergère
 De Nanterre
Devint patrone de Paris.

1

Sa tête de fleurs était ceinte,
Quand un jour l'évêque Germain
Dit, sur elle imposant la main :
« Géneviève, tu seras sainte.
» Va donc, enfant, prends ton essor ;
» Mais au front point d'argenterie ;
» Qu'on y lise ta belle vie.
» Un cœur pur est plus beau que l'or. »
Et voilà comme....

2

Donc, en la ville sans pareille,
Pour les pauvres tendant la main,
De vierges se fit un essaim
Dont elle fut la mère abeille ;
Et quêta même, en tous chemins,
Onze grands bateaux de farine
Que ces filles, en la famine,
Boulangèrent à belles mains.
Et voilà comme....

3

Et quand les Huns vinrent en guerre,
Tout bourgeois voulait fuir Paris.
Non pas, dit-elle, mes amis,
Ça mettons-nous tous en prière !
Et le bon Dieu vite envoya
De brouillards une épaisse nue
Qui cacha la ville éperdue
Et fit rebrousser Attila.
Et voilà comme...

4

Elle habitait sur la montagne
Qui porte aujourd'hui son beau nom.
A sa châsse de grand renom
Qui va prier toujours y gagne.
Il est juste à présent que l'or
Et la plus belle argenterie
Couvrent les restes de sa vie.
O Paris, c'est là ton trésor !
Et voilà comme, au temps jadis,
    Simple bergère
    De Nanterre
Devint patrone de Paris.

XX

L'INONDATION.

RÉCITATIF ET CHŒUR.

1

Quand sur l'Alpe glacée
A soufflé le printemps,
La neige détassée
Va grossir les torrents.
Le Rhône alors est sans rivage,
Et, de son flot précipité,
Couvre le chaume du village
Et l'étage de la cité.
Sur la nappe immense
Voguent, se heurtant,
Le lit de l'enfance,
Le lit du mourant,
Sous un ciel brillant.

CHŒUR DES VICTIMES.

Ah ! qui sauvera nos familles,
Nos vieillards, nos femmes, nos filles?
Revenez !... essayez encor.
Rameur, rameur, reprends courage ;
Voici mon or.

2

Cependant le cri des victimes
Au pied du trône a retenti ;
Et là sont les vertus sublimes
Qui savent répondre à ce cri :
« Partons !... à demain les affaires !
» Apportez l'or de mes bienfaits ;
» Ces hommes sont plus que mes frères,
» Car ils sont aussi mes sujets. »

CHŒUR DES VICTIMES.

Ah ! qui sauvera....

3

Bientôt une barque s'avance,
Simple, mais pleine de grandeur.
Le cri qui s'élève est immense :
C'est la fortune de la France,
C'est l'Empereur !
Et cent bateaux, qui n'ont plus peur,
La suivent bientôt à distance.

CHŒUR DES VICTIMES SAUVÉES.

Braves rameurs,
Heureux sauveurs,
Portez bien haut votre médaille ;
Mais pour nous il n'est rien qui vaille
Les sentiments éprouvés par un cœur
Qui doit la vie à l'Empereur.

Nota. Les cinq pièces suivantes n'ont pas fait partie du concours.

XXI

LE RUISSEAU.

1

Source bienfaisante,
Dont l'onde serpente
Limpide et tremblante
Parmi nos gazons,
Tes rives fleuries,
Partout embellies,
Semblent réjouies
Et chanter tes dons.

2

N'es-tu pas l'image
De cet heureux sage
Qui donne au village
L'aisance et la paix :
Famille bénie,
Pour qui chacun prie,
Et dont l'autre vie
Paira les bienfaits.

XXII

LE RÉMOULEUR.

Tourne toujours, ô ma fidèle roue !
Usons le fer et gagnons notre argent.

Quand l'armateur fend l'onde avec sa proue,
Laissons-le croire au perfide élément.
Tourne toujours....

Quand sur un chiffre ou sur la bourse on joue,
Laissons tourner la chance au gré du vent.
Tourne toujours....

De tout guerrier la fortune se joue :
Vainqueur hier et vaincu maintenant.
Tourne toujours....

Que le voisin ou me blâme ou me loue,
De mon métier je suis toujours content.
Tourne toujours, ô ma fidèle roue !
Usons le fer et gagnons notre argent.

XXIII

LA PRUDENCE.

POUR DE JEUNES ENFANTS.

1

Quand le soir amène
La nuit au hameau,
Berger qui ramène
Trop tard son troupeau
S'expose à la chance
De trouver des loups ;
De toute imprudence,
Enfants, gardez-vous !

2

Avec l'alumette
N'allez pas jouer,
Car une bluette
Devient un brasier.
Une flamme immense
Peut nous brûler tous !
De toute imprudence,
Enfants, gardez-vous !

3

La rue est peu sûre,
Le jour ou la nuit,

Quand d'une voiture
On entend le bruit ;
Faites diligence
A vous ranger tous ;
De toute imprudence,
Enfants, gardez-vous !

4

Mais sur les rivières
Surtout n'allez pas,
Ou sans vos grands frères,
Ou sans vos papas.
La mort s'y balance
Frappant ses grands coups !
De toute imprudence,
Enfants, gardez-vous!

XXIV

LE RÊVE

1

On dit qu'un songe
Est un mensonge,
Et c'est bien dit ;
Car cette nuit
J'étais le prince
D'une province,
Et ce matin
Je ne suis rien.

2

On dit qu'un songe
Est un mensonge,
Et c'est bien dit ;
Car cette nuit
J'avais finance
En abondance,
Et ce matin
Je n'ai plus rien.

3

On dit qu'un songe
Est un mensonge,
Et c'est bien dit ;
Car cette nuit

J'étais à table
Très-confortable,
Et ce matin
Je meurs de faim.

4

Pour le tirage,
Heureux présage,
Je rêve *cent*,
Je suis exempt !
Hélas ! tout songe
Est bien mensonge,
Car ce matin
Suis fantassin.

XXV

LA SŒUR DE CHARITÉ.

1

Quelle est la noble fille
Qu'en ces lieux j'aperçois?
Sous sa noire mantille
Etincelle une croix;
Jeune encore est son âge,
Mais elle est sans atour :
Du sévère corsage
Un voile fait le tour,
Et son pâle visage
Exprime un saint amour.

2

Cet amour est céleste,
Car du Fils de son Dieu
C'est l'épouse modeste
Et l'ange du saint-lieu.
Sa charité s'empresse
Autour des indigents,
Sa main avec adresse
Soulage les souffrants,
Et toute sa tendresse
Est au lit des mourants!

DEVOIR DU POÈTE.

ODE A M. X***.

Lorsque les nobles dons du cœur et du génie
Impriment à tes vers leur magique cachet ;
Quand ta lyre répand cette douce harmonie
Dont elle a le secret.

Poète, comme toi j'aimerais la nature,
Et l'ombre des forêts et les chants de l'oiseau ;
Comme toi j'aimerais écouter le murmure
Du limpide ruisseau.

Mais le cœur qui comprend ce que le ciel exige,
Qui sait pour quels devoirs il se trouve choisi,
Apprend, dans le danger, que si noblesse oblige,
La lyre oblige aussi.

Non, non ! de t'isoler dans une paix profonde,
Poète, il n'est pas temps ; tu dois chanter encor.
Viens gravir avec nous les sommets du vieux monde,
Et montons au Thabor.

Que ce nouveau Parnasse inspire ton génie !
Là, contemplant du ciel l'immuable horizon,
Du coup d'œil de la foi mesurons la patrie
Où l'homme est en prison.

Que le monde est petit lorsqu'à ce point de vue
On le voit du séjour où brillent les éclairs,
Et qu'on pèse l'émeute et les bruits de la rue
Aux bruits de l'univers !

Montre au peuple affranchi la céleste vengeance
S'il veut, des passions suivant l'instinct fatal,
Philosophe imprudent refaire la science
Et du bien et du mal.

La vérité n'est pas une idole asservie
Qui prête sa parole aux vices d'ici-bas ;
Elle dira toujours : un juste c'est Tobie,
Un traître c'est Judas.

Soit donc que tristement la muse se lamente,
Imitant Jérémie à l'heure du danger ;
Ou que comme Isaïe elle soit menaçante,
Poète, il faut chanter.

Tournai, typographie de H. Casterman.

www.ingramcontent.com/pod-product-compliance
Ingram Content Group UK Ltd.
Pitfield, Milton Keynes, MK11 3LW, UK
UKHW020434230726
13925UKWH00004B/1723

9 782014 039313